COLLECTION FOLIO

Camille Laurens

Cet absent-là

Figures de Rémi Vinet

Gallimard

Camille Laurens est née en 1957 à Dijon. Agrégée de lettres modernes, elle a enseigné en Normandie, puis au Maroc où elle a passé douze ans. Aujourd'hui, elle vit à Paris.

Elle a reçu le prix Femina 2000 pour son roman *Dans ces bras-là*.

Rémi Vinet est né en 1965 à Thouars. Ses *figures* ont été exposées en France et à l'étranger (*Art Brussel, Paris-Photo, centre d'art contemporain Wifredo Lam de La Havane, galerie Léo Scheer/Paris…*).

L'amour est l'exception du vide,
mais le vide se concentre tout autour.
Roberto Juarroz

C'est le premier soir, il y a beaucoup de monde, on danse, on parle, on boit. Je suis là depuis une heure, je danse, je bois, je parle. Et soudain m'arrive une chose extraordinaire, imprévisible, imprévue : j'apparais. J'en ai conscience dans l'instant, on dirait un éclair de flash, dont la surprise me serre la gorge comme on cligne des paupières, je le sais aussitôt, c'est fulgurant : on me voit ; quelqu'un est en train de me voir. Je baigne dans la foule à la manière d'un papier sensible ondoyant dans son révélateur, je me développe et j'impressionne à la vitesse de la lumière, le temps se pose infime, mon corps est un instantané : j'arrête un regard. « Qu'est-ce que tu as fait hier ? Tu es allée à cette soirée, finalement ? — Oui, dis-je. J'ai fait une apparition. »

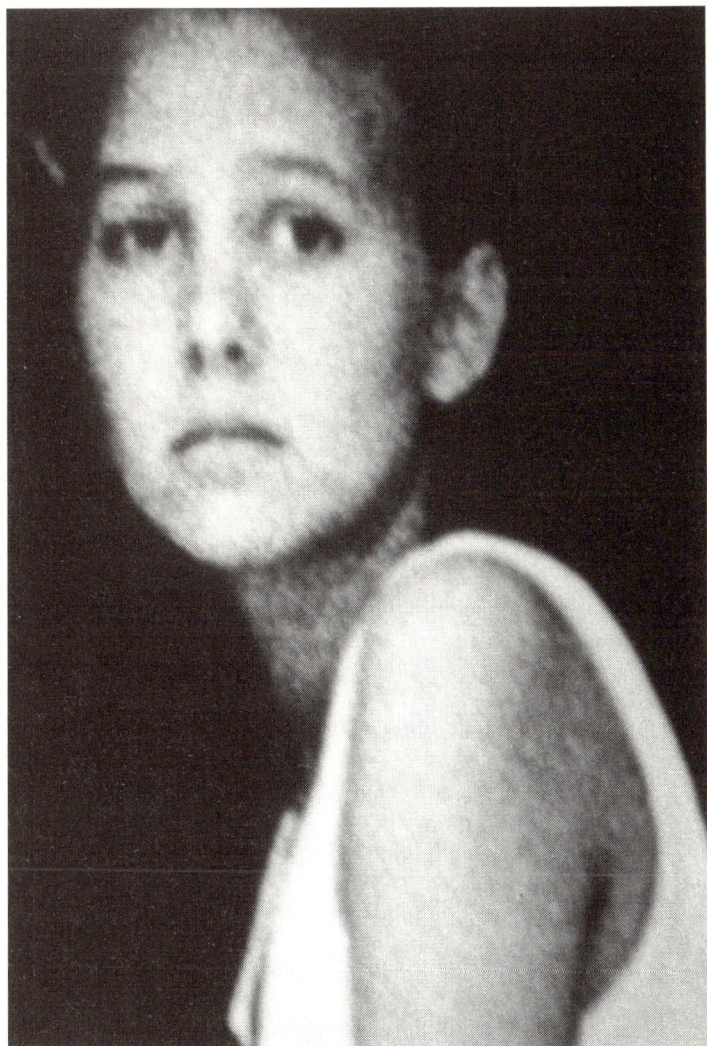

On se souvient comment Flaubert ouvre la rencontre entre Frédéric Moreau et Mme Arnoux dans *L'Éducation sentimentale* – par cette phrase qui concentre en elle toute la foudre amoureuse, son épiphanie : « Ce fut comme une apparition. » L'objet aimé – l'objet, c'est-à-dire l'obstacle, ce qui stoppe la course négligente des yeux, ce qui est littéralement jeté là pour capter le regard – l'objet aimé apparaît comme Dieu dans l'Ancien Testament, nimbé d'une lumière glorieuse, inconnue. L'éblouissement est aussi un ébahissement : on n'a jamais vu ça. Puis le regard accommode, l'apparition prend forme et se fait apparence, l'auréole floue devient découpe folle, on n'a plus d'yeux que pour elle.

Flaubert écrit cette page au moment où naît à peine, après les daguerréotypes, la photographie.

Or il y a pour moi une sorte de parenté intime entre cette technique et l'expérience de l'amour – en tout cas dans l'art du portrait. Il faut de l'amour pour saisir un visage, l'amour est ce qui rend visible. Et qu'est-ce qui nous intéresse, à part être sous le regard ? Qu'est-ce qui nous blesse, sinon la transparence où nous sommes laissés ? Rien ne nous manque jamais que la foi des visionnaires et le don du visage : si nous pouvions seulement, ne serait-ce qu'une fois, céder au mystère de l'apparition – si nous pouvions oser ce geste mystique et fou : croire nos yeux. Qu'est-ce qu'être aimé, dis-le moi, sinon apparaître – je suis là, regarde-moi –, apparaître, oui, être à part.

À partir de là, tout va très vite. Je regarde à mon tour l'autre à qui je viens d'apparaître, je jette un regard, pour voir. Il porte un costume sombre et une chemise blanche, il est brun et pâle – beau –, il entre dans mon désir comme un souvenir revient. « Leurs yeux se rencontrèrent », écrit Flaubert.

L'amour est toujours à première vue, car si on n'aimait pas, on n'aurait rien vu.

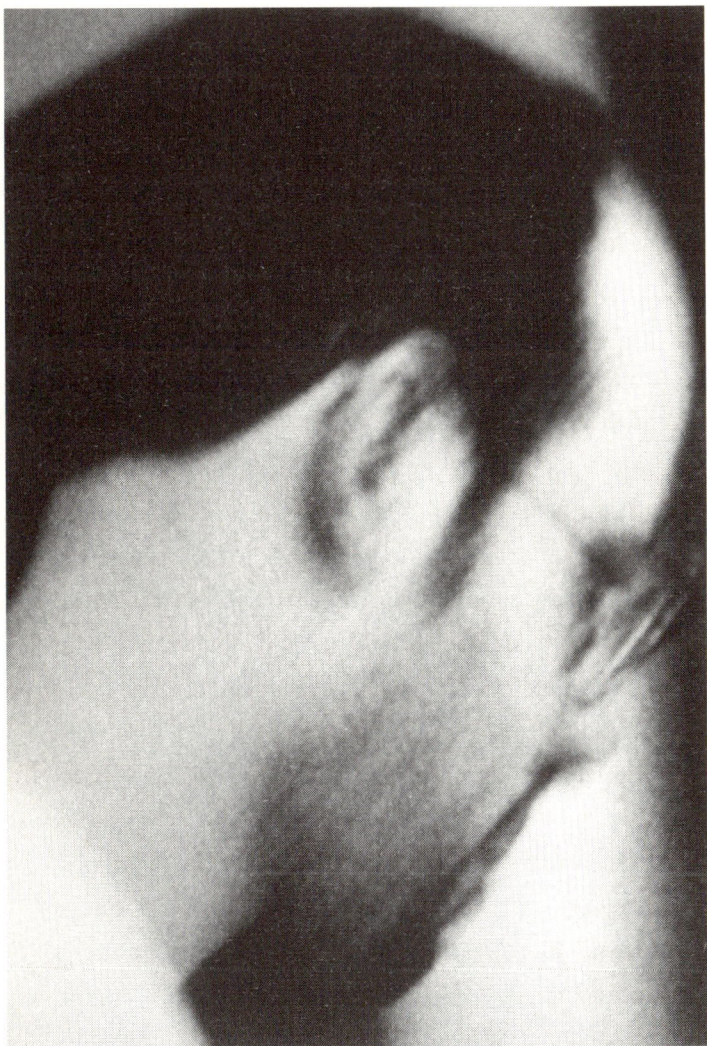

Plus tard, cherchant à retrouver cette image-là, la première (je voudrais une photo, je n'en ai pas – pas encore), je commence par l'isoler des autres qui ce soir-là l'environnaient. Ce n'est pas difficile : tous sont devenus ce qu'ils n'ont jamais cessé d'être : des fantômes, des formes ombreuses, incapables de la moindre lumière, unis dans l'ennui le plus mat – des disparus. Tandis que mon apparition, ou plutôt ma vision, à ce moment de l'histoire, est le contraire d'un fantôme : elle irradie comme un sourire, elle brille comme des yeux.

Pourtant, cherchant toujours à la ressaisir, à la capturer telle qu'elle m'a ravie, je ne trouve pas dans mon souvenir un visage net et dessiné, une expression personnelle, une posture, un mouvement. Je ne pourrais pas en faire le portrait, la peindre avec des détails ou des couleurs, même si je le voulais ardemment – au contraire : plus je veux la ressusciter dans sa séduisante réalité, plus l'apparition se nimbe et se noie, elle est mangée sur les bords, sans teinte ; ce n'est pas un visage, mais une forme nue, une figure dont je ne peux dire qu'une chose au juste, loin des nuances de l'iris ou du dessin de la bouche, c'est qu'elle me voit (je la vois me voir, l'indifférence n'est plus de ce monde), c'est qu'elle me regarde. Plus tard, bien plus tard, quand la rencontre est devenue familière, des traits se détachent que la lumière ne voile plus de même aura, et je m'empare durablement, pour les emporter dans l'absence, d'un mouvement de chevelure, de l'ourlé des lèvres, d'un sourcil, d'une oreille ; je pense à la couleur ambrée de ses yeux, que j'ai cru noirs si longtemps, à ses mains fines dont je connais pourtant la force : ma mémoire est un blason du corps aimé, elle en écrit le poème tous les jours, avec des éclats sidérants de précision – elle fait des étincelles. C'est que mes sens ont acquis une connaissance ; il ne s'agit plus seulement de voir, mais de savoir.

Cependant, j'ai beau faire, je ne sais jamais tout, je ne vois jamais tout ; quelque chose toujours se dérobe, tous les souvenirs sont myopes. Soit je me remémore entièrement ton visage, mon amour, je l'embrasse tout entier, mais flou – je ne peux pas dire que je te reconnaisse, disons plutôt : je sais que c'est toi –, soit j'isole un détail, mais ce fragment ne me livre pas ton image. Trop loin, trop près, brume de chaleur qui voile ou glaciation qui fige, la forme fuit, et son sens avec ; tout n'est jamais là, tu n'es jamais tout, la mémoire peine perdue, on s'efforce en vain : ça ne donne rien. Le visage est un puits sans fond dont on s'épuise à tirer une eau claire, on est comme un enfant qui voudrait faire tenir la mer dans un verre. Le visage n'a pas de sens, il n'a que des secrets, c'est indéchiffrable, même nu, même offert – c'est alors un livre ouvert en langue étrangère oubliée, si quelqu'un l'a sue il en a brûlé le dictionnaire. Tu t'échappes par ton visage, je le sais bien, c'est par là que ça s'en va, que ça s'évade ; te regardant présent, te recher-chant absent, c'est toujours pareil. J'ai beau me rappeler, j'ai beau te rappeler à moi, rien n'y fait : les traits les mieux dessinés sont des lignes de fuite. Il y a comme un dysfonctionnement du système sensible : ça n'est pas qu'on ne voit rien, on voit trouble, on voit mal, ça s'efface au bord, ça s'ombre, ça dysparaît. Le secret progresse à la mesure de l'estompe, le mystère passe et repasse au jugé sa boule de gomme, nimbe et limbes se dégradent en ombre et lumière, blanc, noir, gris, *sfumato*, éclipse.

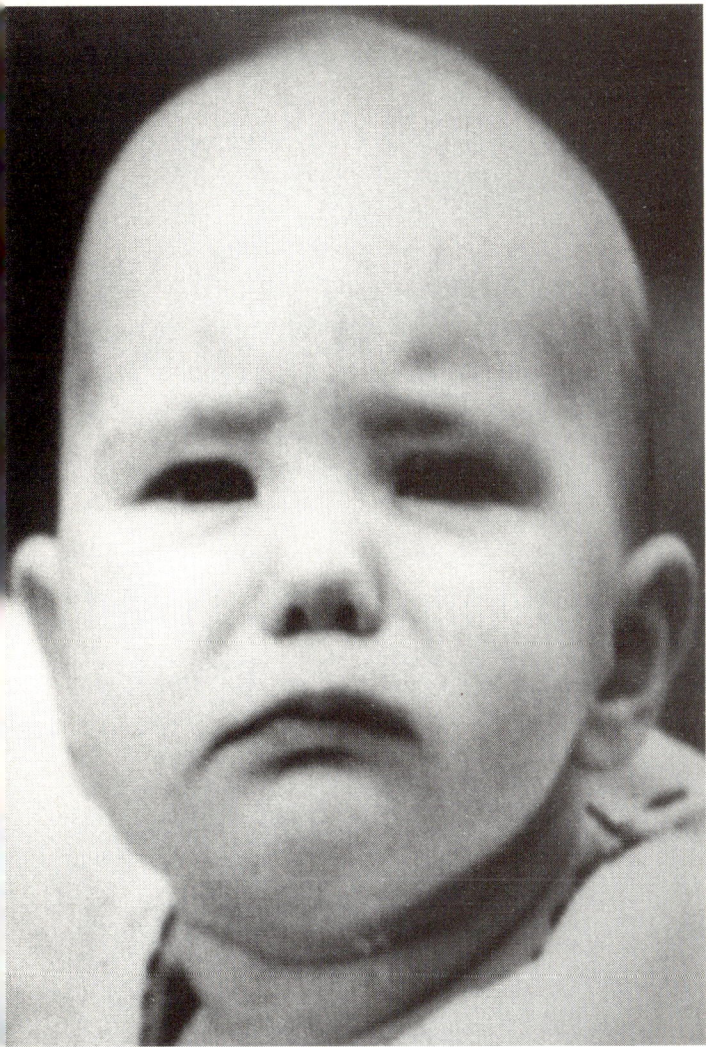

Nous nous connaissons depuis un an maintenant, quelque chose ne va pas entre nous, je ne sais pas quoi, ou je sais quoi, implacablement. Je suis en train d'écrire un texte autour de *Figures* – un travail admirable en noir et blanc, auquel je pense beaucoup en même temps qu'à toi. Je te demande si tu acceptes d'être photographié pour ce projet de livre, tu dis oui, le photographe aussi. Il ne veut pas que tu poses, aussi te fait-il lire des poèmes – il s'agit d'amour et de douleur. Comme il ne parvient pas bien à saisir ton regard toujours penché sur le livre, tu me demandes de m'asseoir en face de toi, afin de t'adresser à moi. Tu lis, tu me regardes, *La fumée est notre image. / Nous sommes le reste de quelque chose qui se consume, / une évanescence difficilement visible / qui se désagrège dans cette hypothèse du temps / comme une promesse non tenue,* tu lis, tu me regardes, il y a des déclics et des éclairs de souffrance intense, *comment ne va-t-elle pas nous séduire, cette image, / son échec progressif, / son insubstantielle substance, son miroir sans tain, le seul miroir valable,* je te fais face, la lumière déplace dans ton visage l'amnésie et l'énigme, qu'est-ce qui se déclenche là, comme la détente d'une arme ?

Le photographe, blessé par cette épreuve, me dit cependant à ton sujet : « Il a un visage très viril, très fort. — Oui, dis-je sans y penser, quand j'entends d'un coup trembler ma phrase, oui, dis-je, il a un beau masque. »

J'écoute sur mon répondeur tes messages des deux derniers mois. J'aurais voulu les garder tous, mais la place manque, il y a une touche effacement. Sur l'un des messages, tu appelles de chez ta mère, qui est dépressive depuis des années, et tu as exactement la même voix qu'elle, ce timbre atone qu'elle a eu pour me répondre quand j'ai rappelé. Cette voix est l'équivalent sonore d'une image disparaissante, dont la perte se mesure en degrés de chaleur. Ce n'est pas qu'elle vacille, au contraire elle s'affermit, se ferme. Les paroles peuvent être les mêmes, la langue maintenant masque quelque chose, elle est du bois dont on fait les portes et tu n'es même pas derrière, c'est un trompe-l'œil que cette porte derrière laquelle tu n'es pas, ce battant froid – défection, désaffection –, ta voix ne dit pas où tu t'es retiré, c'est un tombeau sans corps, une architecture vide, un monument d'oubli, « rappelons-nous », dit-elle.

Ce sera pareil pour la photo, je n'ai pas besoin de la voir pour savoir que tu y donnes à voir ton absence – tu la revendiques, tu l'indiques, et presque tu la penses. Il y a des façons agressives de ne pas être là, de souligner la distance – non mais qu'est-ce que tu crois ? La photographie fixera non ton apparence mais ta disparition – ou bien alors si, ton apparence, de celles auxquelles il ne faut pas se fier, sur le papier elle gravera le faux, le défaut, le défi. En te demandant moi de poser, et toi en l'acceptant, que voulons-nous garder, au fond, trace de quoi ? Tu te sauves, je te retiens, je sauve que tu te sauves, c'est ça, non ? – je t'arrête sur image et tu veux bien, tu veux bien à cause de la peur, à cause que tu ignores où ça t'emmène, et si sain, et si sauf – ou mort ? –, alors tu viens, je te rappelle et tu viens, un instant tu reviens, tu te souviens, faisons une pause, posons-nous là, regarde-moi, regardons-nous, regardons où ça nous mène. Qu'est-ce qui restera là, noir sur blanc, que nous pourrons lire dans longtemps : mon manque ou ton manque-ment, ma faute ou ta folie – quelque héritage de néant ? Laquelle de nos deux peurs hantera ton visage ? Ou bien n'y en aurait-il qu'une – une seule peur qui serait la nôtre, la peur d'où ça mène, la seule grande frayeur de l'amour et l'unique sujet de tous les clichés du monde : la peur que ça meure ?

La photographie est le meilleur support de la mort, son meilleur supporter. Toute photo fait une ovation à la mort, et même elle la provoque, elle la donne : on vise, on appuie, ça tue. C'est la « mort plate » dont parle Barthes, qui, « sous l'alibi dénégateur de l'éperdument vivant », transforme un sujet en spectre.

Mais peut-être est-ce injuste. Peut-être n'est-ce pas la photographie qui est en cause, mais le visage. Peut-être ne peut-on faire autrement, photo ou pas : tout regard habituel, dit Proust, est une nécromancie. Et comme il est facile, en effet, et poignant, et quelquefois irrésistible, de voir surgir des disparus dans un visage ! Et comme il est tentant, aussi, de les interroger, de les scruter en les pressant de nous donner un sens ! Tout visage rejoue des scènes passées, des émotions étouffées, tout visage défait et refait l'histoire, c'est un moulage du temps, son masque mortuaire seconde après seconde. Dans les rues de Paris et les villages de partout circulent des disparus – paysans du Moyen Âge, infantes, marchands, chasseurs, rois d'autrefois, dames du temps jadis, vierges de Botticelli vieilles de cinq siècles, de vingt siècles, de vingt ans. Combien de fois, assise dans le métro ou debout dans la file d'un musée, d'un cinéma, ou comme Thierry, à travers la vitre d'une voiture roulant rue d'Alésia, ai-je eu soudain le cœur serré à la vue, dans un visage inconnu, d'un mien perdu ?

Ami d'enfance dont tel jeune homme me ramène l'air boudeur et buté, avec chez lui la même résistance au monde et chez moi la même envie de forcer le passage, d'entrer quand même ; amour fini qui revient d'un coup, bouleversant, dans un regard aussitôt détourné, anonyme – son énigme brutale, intacte jusqu'au fond des yeux, en bloc. Et le père dans l'amant, et l'enfant dans l'homme, et l'homme dans l'enfant, et celui qui manque dans celui qui est là, tant de visages en chacun, revenants, ou bien le contraire, un seul visage en tous – on écrit par-dessus, on brouillonne, on rature, le blond se corrige en brun, les yeux bleus se déclinent en vert, regard noir espoir, on fait jouer le jour et la nuit, l'illusion, l'angle, la perspective, la lumière et le moment, peut-être n'y a-t-il pour chacun d'entre nous qu'un seul visage puisqu'il n'y a qu'une seule frayeur, une figure unique et perdue dont tout amour cherche la réminiscence – entre les roses et l'ancolie, les glaïeuls et les chrysanthèmes, la fleur lointaine, l'absente.

Je suis seule. Je me regarde dans un miroir, je regarde une photo de moi. Selon les jours, je suis homme ou femme, grand-mère ou enfant, selon les nuits mon visage accueille un vivant ou un mort – celui-ci, une seconde ou une heure, occupe le premier plan de mon théâtre d'ombres, il prend les devants. Rarement, c'est mon père, il ne vient que si je le convoque, il ne s'impose pas mais si j'insiste il vient, si je le rappelle à moi il revient, chaque fois que j'en ai besoin mon père me monte au visage et me rend à l'évidence, ses traits en moi apaisent la terreur du secret, du mensonge. Aucun mot ne tient lieu de cette vérité-là, charnelle et visible comme une rougeur aux joues : mon père n'est pas dans le nom, il est dans l'air – un air de famille. Pouvoir infini de l'image où le langage égare ; la paix quant au père : non pas comment je m'appelle, mais comment je le rappelle.

Quelquefois aussi, plus rarement, je vois sa mère, sa mère à lui, qui l'a abandonné petit. Je la vois à je ne sais quoi, puisqu'en vrai je ne l'ai vue qu'une fois. Je la fantasme en moi dans cette pose digne et un peu froide où je l'ai vue, où je me vois, chignon blond, cou droit, front haut, je suis dans sa peau où couve, impériale et périlleuse, l'envie d'être ailleurs, cet incendie et la cendre à venir, déjà.

Puis ma mère, bien sûr, et sa mère aussi, dans le même sac, nez dessus nez dessous. Dans la glace une douceur se module, une enfance. Sur la photo, c'est l'inverse : une fixité de démente, pétrifiée morte vivante dans le moule des femmes folles – leur terreur.

Enfin, ou d'abord, il y a Philippe, mon fils, mon premier-né, il y a Philippe, l'alpha et l'oméga de mon visage, la source et la mer, dans la glace il y a l'enfant que j'ai été et celui qu'il ne sera jamais, il est là comme un mort à qui j'aurais donné des yeux pour se voir, il est là comme un mort à qui j'aurais donné des yeux pour me voir. D'abord il a l'expression des bébés qui ne se reconnaissent pas dans les miroirs, et pourtant si, quelque chose passe, la barque du regard lentement traverse, et là, seulement là, nos yeux se rencontrent, qui ne se sont jamais rencontrés.

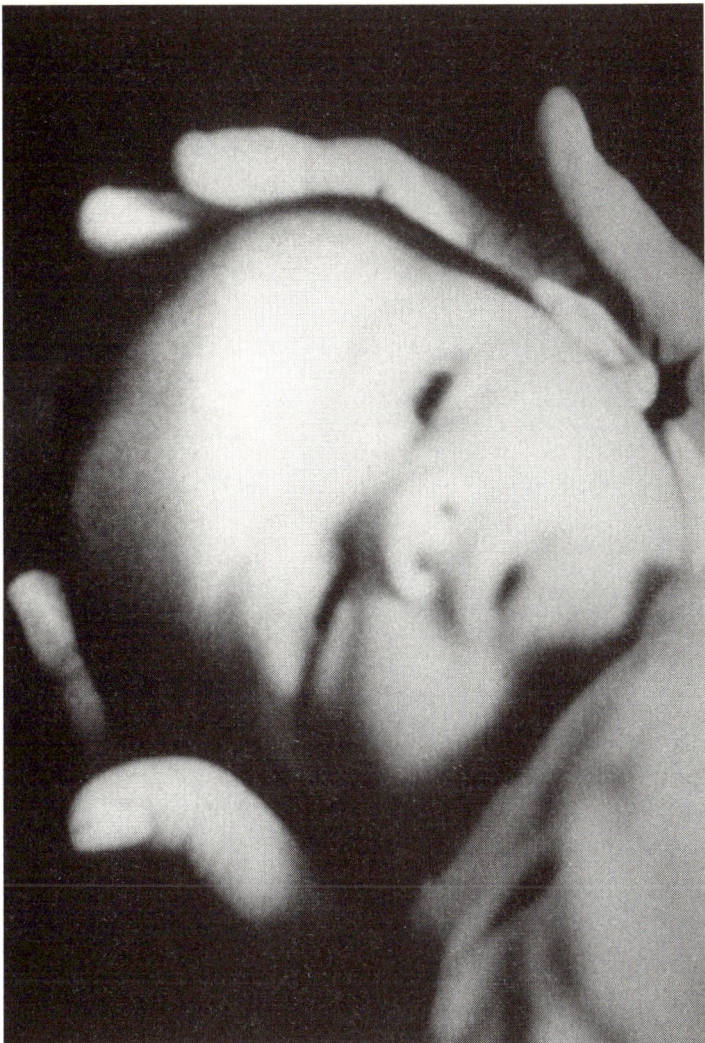

J'ai des photographies de Philippe. Elles ont été prises par le pédiatre de l'hôpital, comme il est d'usage, je crois, pour les enfants mort-nés, afin que les mères gardent la preuve qu'ils ont vécu et n'étaient pas des monstres ou des fantômes. C'est le seul cas où, dans la photographie, la vie est métaphorique. Cela rend l'image horrible, écrit Barthes, « parce qu'elle certifie, si l'on peut dire, que le cadavre est vivant : c'est l'image vivante d'une chose morte ».

J'ai quatre photographies de Philippe. L'infirmière, en voulant nous les remettre, les a laissées échapper sur le carrelage, oh ça tombe, a-t-elle crié. Elles sont dans une enveloppe, je sais où. Je ne les regarde jamais, je ne les soutiens pas du regard. Son père en a une cinquième dans son portefeuille, parmi d'autres de ses autres enfants, de sa mère, de son amie, et de moi peut-être encore. J'y pense très souvent : il y a un homme dans le monde (il ne doit pas y en avoir beaucoup) qui se promène avec sur le cœur une photo d'enfant mort – je veux dire : pas mort *depuis*, mais mort *là*, *déjà* mort –, une photo dont le bord blanc délimite un espace et ressuscite un temps où, la mémoire a beau faire, même ivre d'efforts elle ne fait rien revivre. Douleur d'une image immobile, sans nulle part où la ranimer qu'en rêve ou dans la mémoire d'une existence anténatale, idéale – le souvenir d'une idée. C'est mieux que rien, pourtant : car ce doit être une chose affreuse que d'entrer mort dans le souvenir.

Entrer mort dans le souvenir ? Est-ce possible, au fond ? La mémoire existe-t-elle autrement que connectée, dans le passé, à de la vie, à de la présence vivante ? N'est-elle pas comme un sismographe des mouvements d'autrefois, qui ne se mettrait en marche qu'à partir d'une impulsion dont l'onde se propagerait jusqu'à lui, exigeant avec intensité d'être enregistrée ?

Battements de cœur de Philippe, soubresauts de mon ventre sous la main de son père, il y aurait, à l'origine de tout souvenir, une respiration, quelque chose qui s'anime – une âme. Ce souffle discontinu, inspiration expiration, cette douce ou violente pulsation nous parviendraient par vagues sur l'eau du temps, frisant sa surface noire comme on frôle la mort, hirondelle. Oui, je crois que ça se passe ainsi : on ne se souvient pas des morts, on se souvient qu'ils ont vécu. Connus ou inconnus, ils ondoient et rayonnent vers nous de toute leur âme et aimantent notre mémoire. Quelques-uns ont mis leur souffle dans un acte ou une œuvre, d'autres non. Je me souviens de Proust dans la maison d'Illiers, de ses peurs dans la chambre en haut de l'escalier. Je me souviens de Pavese fermant à clef la porte d'un hôtel miteux à Turin, et posant sa veste sur le dossier de la chaise. Je me souviens des deux petites filles qui n'ont plus rien à manger ni à boire dans une cave en Belgique. Je me souviens de ce jeune homme tchétchène, un colosse capable de porter la terre, je me souviens de sa

vie heureuse et forte, puis de ses jambes deve-
nues noires après des jours dans un cachot russe
inondé, j'ai les mêmes souvenirs que sa mère. Je
me souviens des jeux des enfants morts dans les
camps, des travaux quotidiens à Hiroshima, je
me souviens des corps qui bougent, des yeux
vivants, je me souviens du désir de vivre. Il n'y
a pas de morts dans le souvenir, non, ça nous
regarde toujours, ça nous regarde en vie.

Ces visages-là, pourtant, sont différents de ceux
qui nous entourent. Quelque chose est autre,
difficile de dire ce que c'est. Peut-être juste une
résistance au sourire, l'attention mise à demeurer,
à rester ce qu'on est. Cela donne à toutes les
figures de mémoire cet air à la fois calme et
infiniment sérieux qu'on voit aux portraits du
Fayoum, tout entiers absorbés dans la tâche de
transmettre le secret d'eux. J'y pense aussi en
voyant, dans les gares ou les aéroports, ces
visages autrefois impensables et toujours impossibles à penser, ni photo ni portrait, mi-projet
mi-souvenir, ces visages d'enfants disparus, ni
vivants ni morts, au sens strict *disparus*, dont

on ne connaît plus l'apparence, et qu'une technique virtuelle fait apparaître posés sous le halo
d'angoisse – cette façon de photographier l'avenir
comme s'il était passé, cette façon de prendre
en photo quelqu'un qui n'est pas là. « Ne les
oublions pas », lit-on quelquefois sur ces affi-
chettes. Et sur les tombes : « Le temps passe, le
souvenir reste. » Se souvenir : belle utopie blessée
des cimetières et des gens qui aiment.

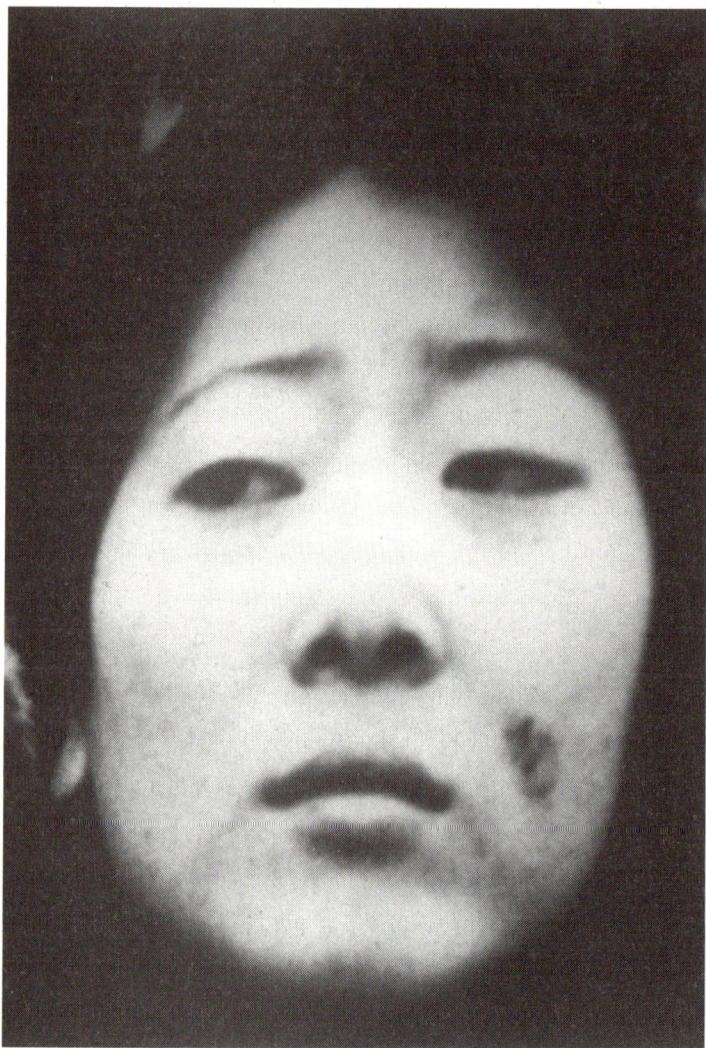

Pourquoi nous, dans nos vies banales, ne voulons-nous pas plus oublier, être oubliés, disparaître sans laisser de traces, ne plus être ? L'amour, les enfants, les œuvres sont les moyens humains de satisfaire cette passion violente qu'est le désir de durer : par la dévotion du compagnon survivant, par le nom du fils ou sa ressemblance, par l'art et la beauté qui témoignent de nous éternels, que voulons-nous, sinon vivre encore, encore un peu ? Est-ce que pourtant ça marche ainsi, en un trajet si simple, vraiment ? C'est Robert Jordan, agonisant, qui dit à Maria à la fin de *Pour qui sonne le glas* : « J'irai avec toi partout où tu iras, tu comprends ?… Quel que soit celui qui reste, il est les deux… Tu es moi, maintenant. Tu es tout ce qu'il y aura de moi désormais. » La mémoire serait donc aussi ce qui nous garde en vie ?

Dans les rues, dès lors, quelle circulation de corps multiples hébergeant absents ou disparus, passagers clandestins invisibles ou indiscrets, bruyants ou effacés, tendres ou menaçants qui habitent comme une maison familière ou hantent comme un château maudit ce temps vécu par d'autres. Parfois, nous aimerions nous en débarrasser, pousser dehors tel parasite accroché aux basques de notre mémoire, expulser ce squatter tenace, on rêverait que ce soit aussi facile que de déchirer une photo-souvenir – il y a des souvenirs qui tuent. Cet hôte en nous, ce pensionnaire si lourd à mouvoir, c'est souvent nous-mêmes, et personne d'autre que l'autre en nous, celui à qui l'on voudrait dire, comme aux gens dont on éprouve qu'ils nous font du mal : « Oublie-moi. » Oublie-moi puisque moi je n'arrive pas à t'oublier, oublie-moi, je t'en prie. Mais il ne cède pas, il revient dans les cauchemars et dans les larmes, il est de tous les échecs et de tous les effrois, toujours là sur la photo, cette ombre en nos yeux comme une tache de naissance. Et lorsqu'il y a mort d'homme dans le manoir hanté aux tourelles archaïques percées de meurtrières, c'est lui le coupable, ce fantôme, ce fantasme.

Ne m'oublie pas, pense à moi : phrases de mère craignant de disparaître. Quelle gloire déchue que d'être le fantôme de quelqu'un !

Le photographe, après un silence de plusieurs semaines, finit par m'écrire qu'il ne veut pas faire figurer dans notre livre une photo de toi, qu'il ne peut pas faire de toi une figure. Il a essayé, mais vraiment, dit-il, « ça ne donne rien ». Il a besoin d'éprouver, lors de la prise de vue, quelque chose de l'ordre d'un lien, d'un rapport affectif, voire affectueux, ce qu'il appelle la convivialité – et tout cela était si manifestement absent de la séance de pose qu'il aurait l'impression de trahir son art en accédant à ma demande. D'ailleurs, une figure n'est pas un portrait, l'anecdote personnelle n'y a pas sa place ; et puis c'est comme l'amour, ça ne se commande pas. Il joint à son envoi deux photos de toi, à titre amical et privé.

Je trouve ses raisons mauvaises. Les figures qui m'inspirent ce texte ont toutes été faites il y a longtemps, tandis que je suis en train d'écrire ici et maintenant. Or, pour qu'une collaboration artistique soit pleine, à mon sens, elle doit être un lieu d'échange, une rencontre, ça doit avoir lieu en même temps – c'est comme l'amour, c'est contemporain. Refuser ce travail sur la matière de ma vie, c'est refuser de le rendre *présent*, c'est-à-dire aussi d'en faire *cadeau*. L'art devient alors une idée figée, orgueilleuse ou naïve, une posture que le talent empêche heureusement d'être une imposture. Pour autant, je ne me mets pas en colère, je n'insiste pas : je note seulement avec un rien d'amertume que son refus redouble en quelque sorte le tien, que je ne suis ensemble avec aucun de vous et que par conséquent, ici et maintenant, je suis seule.

Je regarde les deux photographies de toi. Sur l'une d'elles tu es d'une extrême beauté – extrême au sens où s'est concentrée d'un seul côté du visage la part de toi-même que tu veux montrer : la lumière éclaire adroite une virilité sans faille, active et butée dans le refus, le sourcil est très noir, très fourni, le regard sombre, rétif à tout, sans charme, sans complicité, sans don – tu ne veux pas qu'on te prenne. Je me rappelle soudain qu'à l'origine je voulais te voir figurer là pour retrouver l'apparition du premier jour, je voulais te revoir me voir, revivifier autrement que par les mots cette lumière dans tes yeux. Mais rien ne se reproduit, ton visage est entre mes mains comme un papier insensible.

Je pose la photo en face de moi. Exercice de détachement, volonté de décrire cette image que le lecteur ne verra pas. Deux parties, donc, dans ton visage. La lumière cesse exactement sur l'arête du nez, mais comme tu es un peu de profil, la part d'ombre, à gauche, est beaucoup plus grande. L'œil visible est cerné d'un gris presque noir – une insomnie, mais sans chagrin. Car le regard n'exprime rien, ou plutôt si, il exprime son rien jusqu'à l'épuisement, c'est ça qui l'épuise, tout ce rien à moudre. Le mot qui me vient est le mot anglais *blank*, qui convient mieux que l'adjectif *vide* par lequel on le traduit souvent en français. *Blank look*, voilà : pas un regard vide, un regard plein de vide. Le mot dit autre chose encore : on y entend le blanc de la mémoire, on en mesure le trou. Il n'annule pas tant le passé que le présent. Certes, l'œil ne vibre d'aucune ancienne image heureuse, mais moins encore d'une émotion vécue dans l'instant. Je n'y lis pas même une interrogation, un doute. Non, simplement je te vois ne pas me voir. C'est un regard qui ne cherche pas, qui ne veut pas, qui ne sait pas – la douleur, la vérité, l'avenir – il est intraitable, c'est un regard qui ne veut rien savoir. Si l'on insiste, on croit y déceler du mépris, de l'hostilité, de la haine, parce qu'on ne se sent pas exister face à lui – le photographe a eu la même impression glacée que moi lors de la prise de vue, mais cette expérience aurait dû le fasciner, lui, autant qu'elle m'a anéantie. Cet œil nous nie, lui et moi, bien sûr, cet œil noir nous dit : tu n'es pas là. C'est désagréable pour un photographe, c'est horrible pour une amoureuse. Mais cet œil dit aussi : je ne suis pas là, il le dit noir sur blanc. Cet œil nous dit son absence, le blanc qu'il a : j'ai une absence, dit-il. Alors oui, c'est un regard qui nous ignore en effet, mais c'est aussi et d'abord, à perte de vue, un regard qui s'ignore.

Et pourtant, le contraire s'impose aussi, en vérité : tu es là. Tu as accepté le rendez-vous avec le photographe, tu es venu à l'heure dite, tu t'es assis près de la fenêtre, tu as obéi à ses directives, et, pour finir, tu es là sur la photo, il n'y a personne et c'est toi. La moitié dans l'ombre laisse deviner noir sur noir un œil plus doux, plus tendre – ou est-ce que je rêve ? Pendant des semaines après le premier soir, j'ai pensé à tes yeux comme à ceux des houris promises par le Coran au jardin des délices, dont l'arabe dit littéralement qu'elles « ont le blanc et le noir des yeux très tranchés » – toutes ces belles promesses.

Tu es là sur la photo, c'est indéniable malgré le déni de ton regard. Il y a quelqu'un là, dans le double jeu de qui ne joue pas le jeu, à mi-chemin de l'ombre et de la lumière, entre l'enfant et l'homme, l'homme et la femme, la haine et l'amour, le mépris et le pardon. La photo saisit tout ensemble, ce noir et blanc : le sens du non-sens, l'être du non-être, la part effacée de la face, l'infigurable de la figure, son fantôme. C'est une photo qui touche au vif, et, dans le même mouvement, elle touche au mort. Tu donnes ce que tu reprends, tu empêches ce que tu suscites : quelque chose te mange le visage. Tu es tragique et beau dans ton double destin, celui d'être cette présence absente, comme une légende à toutes les photographies possibles et à toutes les passions impossibles. Je te regarde encore une fois. Il y a ta bouche dont je n'ai pas parlé, tes cheveux sous mes mains. Je te regarde et je te vois : tu es là et tu n'es pas là, tu es cet absent-là.

Dans la rue, maintenant, quand je me promène, je suis attirée par les miroirs sans tain, les visages qu'on peut traverser. Il y a des gens comme ça, on en croise : le crâne perce sous la tête, l'orbite sous l'œil, la mâchoire sous la bouche ; même jeunes, on voit le mort qu'ils feront.

Un jour, à Perpignan, je suis allée rendre visite à un ami qui mourait du sida à l'hôpital. Il faisait beau, le soleil de l'après-midi éclairait pleinement la chambre. Nous parlions des voyages qu'il ferait quand il irait mieux, nous étions là tous deux à faire semblant d'y croire et à y croire, et, d'un seul coup, sans arbre au dehors, sans oiseau, sans nuage, une ombre a passé sur son visage, je l'ai vu comme je vous vois, j'ai vu son aile.

La technique du photographe pour ces *Figures* est passionnante. Je les ai tout de suite aimées, mais plus encore lorsqu'il m'a expliqué comment il faisait. Il prend des photos, généralement de proches, il les développe, les tire sur papier, les scrute longuement à la recherche d'une figure. S'il croit l'y voir, il projette l'image sur un drap blanc et la rephotographie, une ou plusieurs fois. La figure ne représente personne – Balthus, à qui un critique disait : « Au fond, votre peinture ne fait que *représenter*, vos toiles ne sont que des *représentations* », répondit : « Ah bon ! parce que les présentations ont déjà eu lieu ? » –, elle présente. Elle ne reproduit pas, elle invente. La plupart du temps, le modèle lui-même ne se reconnaît pas. Le photographe enlève des couches successives comme des pelures d'oignons, pour ne garder que la trame, l'âme, le secret, ce qui se trame. La figure saisit donc à la fois une présence et sa disparition, un être et son effacement. J'ai cru d'abord que ce qui me fascinait dans le drap, c'était le linceul, le linge funèbre, le suaire où garder la trace des traits disparus. Mais c'est plutôt la toile tendue, l'écran vierge, la page blanche où peuvent être projetées avec plus ou moins de force les preuves d'une existence, c'est le vide sur lequel *faire signe*.

Il faut laisser se former en soi-même
Le négatif de son image,
Les noirs et les blancs transformés,
Les sens transformés,
Les abîmes transformés.

Il faut laisser affleurer en soi-même
L'envers de son image,
Pour réussir à se voir différemment,
Pour regarder les choses différemment.

Il faut laisser surgir en soi-même
La forme libre de son image,
La laisser associer ses images virtuelles
À ses images perdues, la laisser faire un bouquet
de toutes ses images.

Les images que nous avons de nous sont inutiles.
Elles se défont comme une toile sans cadre,
S'effondrent comme un miroir de poussière dans
la mort.
Il faut obtenir son propre négatif
Et au lieu de le développer, le creuser.

L'image que nous avons n'est pas la nôtre.
Nous avons une image d'emprunt.
Mais son négatif peut être l'accès
À l'image qui, elle, est la nôtre :
Le positif d'une pensée qui corrige le vide.

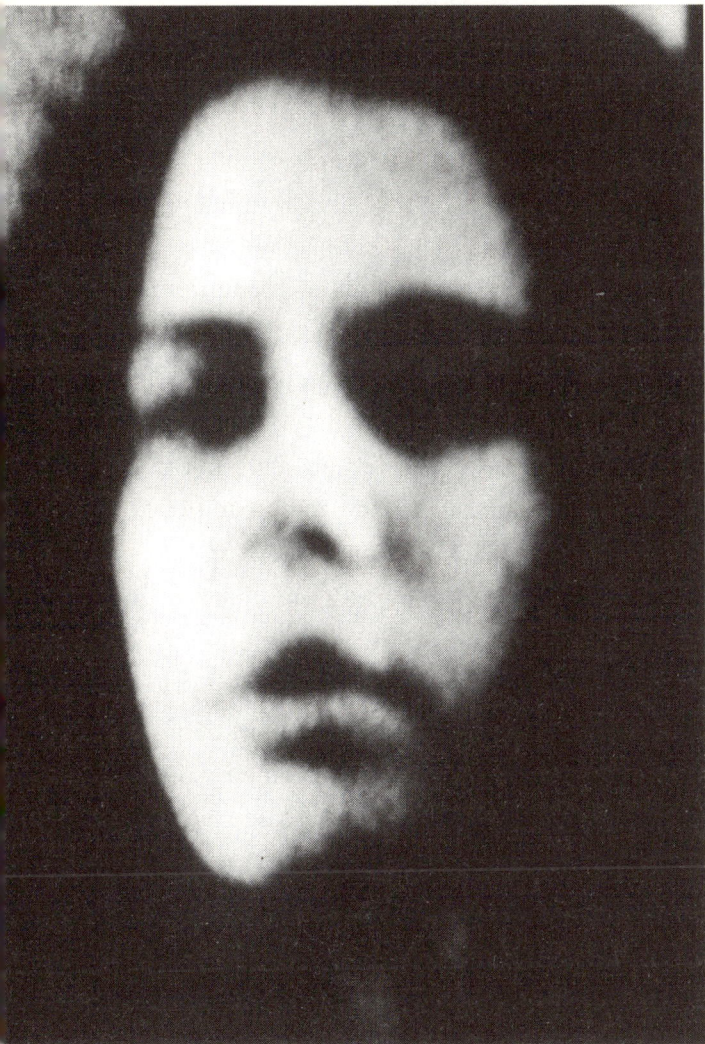

Nous avons rendez-vous. C'est le dernier soir, mais nous ne le savons pas. Je suis assise en face de toi à l'étage du café de la Mairie, nous sommes seuls, tu es tout en noir, je suis immobile et raide. J'essaie de parler, mais ma voix t'est insupportable. Alors ton regard me traverse et me troue, et voici que mon corps se défait, s'absente ou s'apparente à une absence, quelque chose me revient d'un lieu de mon enfance, je suis transparente, mon père est vitrier. Je sens se dissoudre mes os, mes muscles, se dépulper mes joues, ma bouche, aucune forme ne tient, je me désunis, je me disperse, je disparate. Soudain les lampes s'éteignent, personne ne se souvient qu'on est là. Il n'y a plus de lumière, on ne se reconnaît plus, on ne peut plus se voir. La table est entre nous comme une mer, rien n'arrive de nulle part, rien ne tombe du ciel, ni d'Ève ni d'Adam, on est des enfants, on a peur du noir. Sous l'extinction des feux tu me défigures, je n'y suis plus, il n'y a plus en moi matière à désir, la lumière se rallume d'un coup, je cligne des paupières, la peau blanchit de la couleur des os, j'ai le sang aux yeux, la mort vient de me prendre en photo, je suis l'invue, l'insue, suaire et linceul, je suis de l'étoffe dont est fait le vide, je suis le trou où tout s'engouffre, je suis le gouffre, ça mitraille au front, il n'y a plus rien à faire, pas de pacte et point de salut : je suis de la chair à mémoire, je suis de la chair à oubli.

« Tu te souviens, m'avait dit ma sœur l'après-midi même, tu te souviens du jour où tu as disparu ? On t'a cherchée toute la nuit dans les bois, aux flambeaux, avant qu'un villageois te ramène depuis l'autre côté de la montagne. Tu étais petite, mais tu avais bien marché. »

Non, je ne me souviens pas – je ne me souviens de rien d'abord, puis, à la longue, tandis que ma sœur raconte, quelques formes floues s'esquissent : pas un souvenir, l'ombre d'un souvenir. Elles tentent de rappeler sur l'écran noir je ne sais quelles lueurs de lampes, torches ou lanternes étouffées dans les arbres, leurs troncs obscurs, leurs mousses sombres où craquent des insectes, où nichent des oiseaux, des bêtes, et la peur, et le courage, et la marche qui laisse en arrière les abois et les cris, les gens qui crient mon prénom d'arbre en arbre, mais rien, ou trois fois rien, à peine un écho comme un rêve au réveil, fugitif enfui. Ce n'était pas moi, je n'y étais pas, je suis ce corps qui ne sait pas ce qu'il a fait, ce qu'il a voulu, si c'était mourir ou vivre – ou disparaître comme a disparu pour lui ce qui fut.

Reste la question, ombre portée du secret, rai de jour à la porte où l'on a posé les scellés : où vont les souvenirs dont on n'a plus la trace ? Qu'est-ce qui se passe dans l'oubli, qu'est-ce qui est broyé là, foulé ou refoulé dans quel pressoir dont le vin aigre nous empoisonne ou nous sauve, et pourquoi ? Pour faire de la place ? Et à quoi ? Qu'est-ce qui prend la place ? Est-ce qu'on choisit, d'abord, est-ce qu'on a le choix de ce qu'on oublie, de ce qu'on tue en soi ? Est-ce qu'on le tue pour continuer à vivre, ou est-ce que tout oubli est une déperdition d'être, est-ce qu'on se perd en perdant la mémoire ? Et ce qu'on tue, est-ce que c'est bien mort ? Est-ce liquidé, ou seulement fondu – fondu enchaîné, enchaîné à quoi dont on entend mains sur les tempes le cliquetis ? Et si c'est mort, où est-ce qu'on l'enterre ?

Est-ce qu'on oublie à l'aveuglette, ou est-ce qu'on fait le tri, est-ce qu'on oublie ce qui n'a pas d'importance ou ce qui en a trop, est-ce qu'on se débarrasse de ce qui nous embarrasse, est-ce qu'on écoute les gens, leurs injonctions, leurs conseils : oublie tout ça, ne m'oubliez pas, myosotis et rappel, *remember me but forget my fate*, et souviens-toi que je t'attends. Qu'est-ce qui occupe le terrain déserté, la scène vide d'acteurs et vierge de décor, les cintres sans machines, les trappes sans souffleur, le trou de mémoire ? Qu'est-ce qui tombe dedans, ou qu'est-ce qu'on y pousse, et de quelles mains – geste de ménagère négligente cachant la poussière sous les meubles, faux-pas distrait du promeneur sans but, dont le trajet est de hasard, ou bien mains d'assassin dont le crime serait parfait n'était quelque témoin solide, quelque spectre revenant dire. Qu'est-ce qui se passe exactement ? Est-ce que ça tombe vraiment, comme une pierre dont on n'entendrait même pas la chute, tant c'est profond, l'oubli ? Ou alors est-ce que ça s'efface plutôt, petit à petit, est-ce que ça fond comme une bougie, est-ce que ça diminue comme un feu qu'on n'entretient pas, est-ce que ça meurt lentement comme un amour qui meurt ? Y a-t-il quelque chose à faire pour retenir les choses au bord de l'oubli, qu'elles ne perdent pas l'équilibre – quelque chose à tendre au-dessus du vide pour éviter qu'elles n'y basculent ?

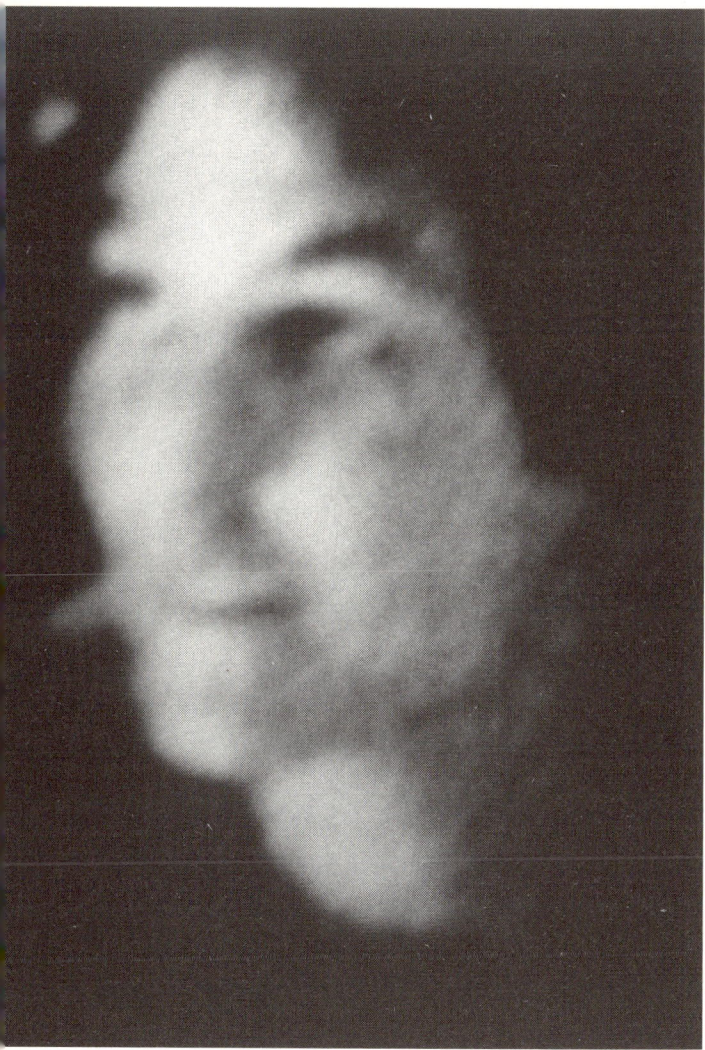

Les photos que j'ai de Philippe sont des Polaroïd. Sur deux d'entre eux, il est relié par des fils et des électrodes, sur les deux autres il n'est relié à rien. Il y a donc dans cette figuration du temps un instant t où il meurt. Je ne peux me le représenter que sous l'espèce matérielle du Polaroïd lui-même : au moment où l'image apparaît lentement sur le papier, la vie s'en va de lui à mesure, elle le quitte. C'est comme dans *Le Portrait ovale* d'Edgar Poe. D'ailleurs on dit : « prendre en photo ». Qu'est-ce qu'on peut nous prendre, sinon la vie ?

Les morts disparaissent, on annonce leur disparition, odeur du temps, brin de bruyère, nous ne nous verrons plus sur terre. Leur corps échappe à notre vue, se soustrait à nos sens – plus de regard, plus de caresses : leur corps échappe au nôtre, et devient quoi ? on ne sait pas, il n'y a plus de mots non plus – des noms, oui, sur les tombes les morts gardent leur nom, on le grave dans le marbre et ça reste longtemps, les morts durent dans leur nom – leur nom, fossile pas difficile à dater dans les cimetières déserts, la vie se retire en laissant des noms, mais des mots non, il n'y a plus de mots pour les morts, les mots disparaissent en même temps que le corps qu'ils nommaient, ou juste après, juste après cadavre, après dépouille, après restes, os, reliques, squelette, il n'y a plus de mots, c'est innommable, cette houille, ça n'existe plus dans la langue, dans aucune langue, les morts n'ont plus de mots sur les os, c'est intraduisible, c'est comme notre amour ce soir, ça ne ressemble à rien.

L'amour est l'exception du vide, comme le visage est l'exception du néant. Tous les jours on combat pour éviter la règle, son aridité blanche – c'est la guerre d'usure. On lutte avec ces forces vives que sont le regard et la pensée, la piété, la pitié, le pardon, l'amour.

Où est l'acide qui ronge pourtant la chose et le mot ? Est-il dans ton visage comme exposé de l'intérieur à sa chimie mortelle, ou bien gît-il, et depuis quand, dans mon regard pénétrant, son œil avide ? Est-ce moi qui t'efface à force de te voir, est-ce toi qui t'annules à force de te fuir ? Reste ce je ne sais quoi, loin des yeux et loin du cœur, sans nom, traits ni attraits, et, dans la rue, poignard à voir passer un visage pareil – ligne du nez, courbe des joues, sourire aimé : les mêmes –, charbon du bois d'amour, moire élimée, fondu au noir.

On se bat, on se bat, on lutte jusqu'à l'aube, on devient chèvre. Puis l'aube est là, elle vient sous les paupières comme une fatigue – on fatigue. L'aube vient, mur où se projette la nuit, pan de rien, néant : c'est écrit noir sur blanc, en alphabet désastre. Il y a là comme un grouillement de lumière, ça tremble blanc comme l'écran autour du mot FIN, on dirait des vers qui fourmillent. On lutte encore, on lutte, on imagine. Puis, à la fin, le vide gagne.

Je suis sortie du café où tu étais encore, et, arrivée de l'autre côté de la rue, je me suis retournée. Tu étais toujours assis à la même place, tu te découpais seul et triste dans l'encadrement de la fenêtre éclairée, tu n'as pas regardé vers moi. Je suis restée ainsi une minute, visage levé vers cette dernière photo de toi. Puis je suis partie. Il faisait très froid, les larmes gelaient sur les joues, je marchais hagarde comme on sort de décombres. Seule une phrase traversait et retraversait mon esprit, bout de cauchemar éveillé : « C'est dans la boîte. » Mot de photographe ou de cinéaste, avec toute la mort qu'il y a dedans. N'allez pas dans la boîte, avais-je envie de dire aux passants qui me dévisageaient en larmes. *Ne vous laissez* jamais *mettre au cercueil*. Qu'allais-je faire d'autre, moi-même, pourtant, comme tu le feras bientôt à ta manière, que de fabriquer au plus vite ce parallélépipède de survie, cette boîte en papier où ranger pour m'en débarrasser, avec des raffinements de beauté dont le malheur et la haine ont le secret, toute l'histoire ? Il n'y a généralement pas lieu d'admirer les artistes en tant qu'êtres humains, ils n'ont rien de sublime. Les imposteurs clament œuvrer pour le bien de tous, au nom de l'amour – l'amour, cet absent-là. Les autres se savent des espèces de monstres, qui fabriquent des cercueils pour rester vivants.

C'est le premier soir. Il y a beaucoup de gens, je danse au milieu du monde, tu me suis des yeux mais tu as du mal, ton regard ne peut pas s'arrêter sur moi, me fixer, il est obligé de me courir après et c'est tant mieux, je ne veux pas d'arrêt sur image, je ne suis pas sage comme une image. Tu comprends, tu te rapproches, tu accompagnes le mouvement, il n'y a pas de cadre au tableau, le sujet en est mobile et s'enfuit par les bords avant de revenir en effet de flou, indécis. Ton visage me plaît, tes yeux – j'ai envie de courir l'aventure. Viens, fais-moi danser, ce n'est pas une valse mais faisons comme si, j'aime ce vertige de funambule, impossible de tomber tant qu'on court sur le fil en défiant le vide. Quelqu'un prend des photos de la fête, je détourne la tête comme les divas, non, pas de photos. Je te raconte l'histoire de cette mère qu'on complimente sur la beauté de son jeune enfant, au square, et qui répond : « Et encore, vous ne l'avez pas vu en photo ! » Tu ris, j'aime ton rire. Viens, tourne avec moi, ne t'arrête pas. Promets-moi une chose, veux-tu, jure-le : moi vivante, ne me fais pas habiter ta mémoire, ne m'embaume pas dans des souvenirs, ne me pousse pas dans l'oubli, ne me mets pas dans l'album. Viens, prends-moi dans tes bras, donne-moi ton visage, porte-moi dans ton cœur. Je te vois, tu es là, tu es le bel aujourd'hui, tu es le présent qui s'accumule, tu es de la chair dont on fait l'amour. Danse avec moi, beau masque, surtout ne t'arrête pas. Si tu t'arrêtais, la mort prendrait la photo. Viens, ne te souviens jamais.

« Qu'est-ce que tu as fait hier soir ? Tu es allée à cette soirée, finalement ? Je croyais que tu ne voulais plus voir personne, que tu faisais le vide ? — Oui, dis-je. Mais j'ai fait une exception. »

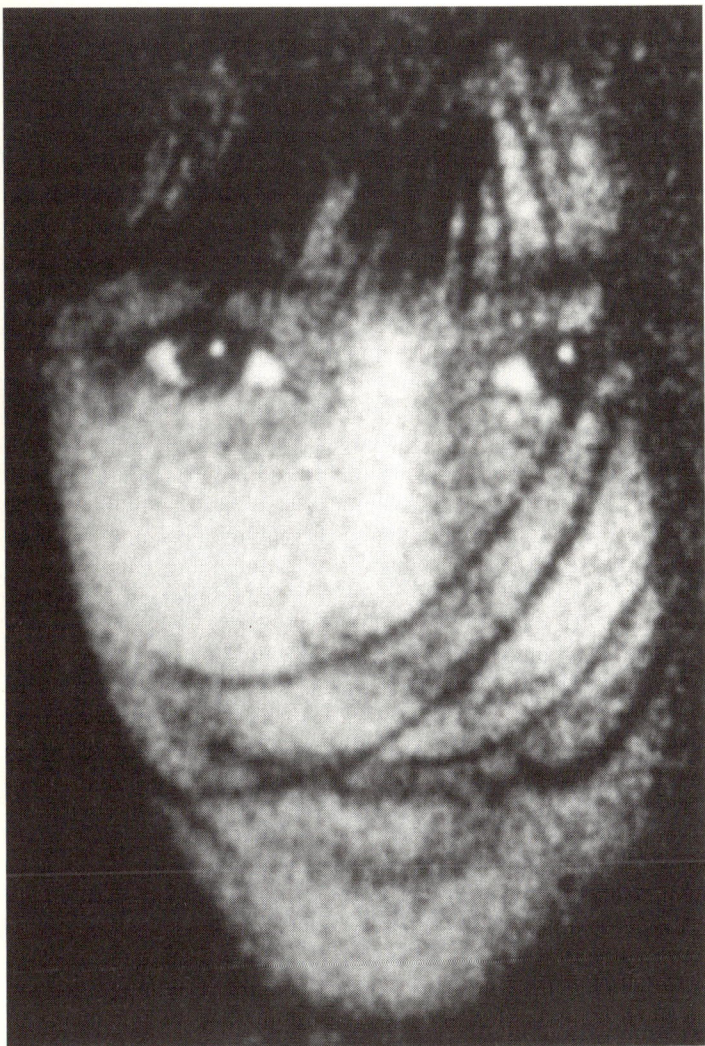

Les poèmes cités sont extraits de
Quinzième poésie verticale de Roberto Juarroz.

DU MÊME AUTEUR

Aux Éditions P.O.L

INDEX, 1991, (Folio n° 3741)

ROMANCE, 1992 (Folio n° 3537)

LES TRAVAUX D'HERCULE, 1994 (Folio n° 3390)

PHILIPPE, 1995

L'AVENIR, 1998 (Folio n° 3445)

QUELQUES-UNS, 1999

DANS CES BRAS-LÀ, 2000. Prix Femina (Folio n° 3740)

L'AMOUR, ROMAN, 2002 (Folio n° 4075)

LE GRAIN DES MOTS, 2003

Aux Éditions Léo Sheer

CET ABSENT-LÀ, 2004 (Folio n° 0)

Chez d'autres éditeurs

NAISSANCES, ouvrage collectif, *Éditions L'Iconoclaste*, 2005

LES CINQ DOIGTS DE LA MAIN, *Actes Sud*, coll. Heyoka, 2006

Composition Nord Compo
Impression Novoprint
à Barcelone, le 9 mai 2006
Dépôt légal : mai 2006

ISBN 2-07-030908-8./Imprimé en Espagne.

136863